MW01025412

UNAS VACACIONES HORRIBLES

DIRECCIÓN EDITORIAL: Antonio Moreno Paniagua
GERENCIA EDITORIAL: Wilebaldo Nava Reyes
COORDINACIÓN DE LA COLECCIÓN: Karen Coeman
DISEÑO DE LA COLECCIÓN: La Máquina del Tiempo
ILUSTRACIONES: Julián Cicero
TRADUCCIÓN: Cecilia Olivares Mansuy
TEXTO: Catherine Jinks

Unas vacaciones horribles

Título original en inglés: *The Horrible Holiday*

Editado por Ediciones Castillo por acuerdo con Penguin Group,
una división de Penguin Australia Pty Ltd.

PRIMERA EDICIÓN: junio de 2006
NOVENA REIMPRESIÓN: agosto de 2016
D. R. © 2006, Ediciones Castillo, S. A. de C. V.
Castillo ® es una marca registrada

Insurgentes Sur 1886, Col. Florida.
Del. Álvaro Obregón.
C. P. 01030, México, D. F.

Ediciones Castillo forma parte del Grupo Macmillan.

www.grupomacmillan.com
www.edicionescastillo.com
infocastillo@grupomacmillan.com
Lada sin costo: 01 800 536 1777

Miembro de la Cámara Nacional de la Industria Editorial Mexicana.
Registro núm. 3304

ISBN: 978-970-20-0852-1

Prohibida la reproducción o transmisión parcial o total de esta obra por cualquier
medio o método, o en cualquier forma electrónica o mecánica, incluso fotocopia
o sistema para recuperar la información, sin permiso escrito del editor.

Impreso en México / *Printed in Mexico*

Catherine Jinks

Ilustraciones de Julián Cicero

UNAS VACACIONES HORRIBLES

Castillo de la lectura

UNO

Los Andover nunca salían todos juntos de vacaciones. Papá siempre decía que era tan caro llevar a cuatro niños al dentista, dos veces al año, que no le alcanzaba para llevarlos a ningún otro lado. Por eso Kevin (que era el tercero) no tenía nada que contarles a sus amigos de la escuela cuando ellos le platicaban sobre sus viajes a las montañas, a la Costa Dorada o a Nueva Zelanda.

Su maestra siempre le decía:
—Estás muy callado, Kevin.
Y él respondía:
—Sí.
Porque... ¿de qué podía hablar?

Entonces, un día mientras cenaban,
de repente papá les dijo a todos que
necesitaban un descanso.
—Vamos a ir al campo a visitar a la tía
Brenda. Vamos a quedarnos en el remolque
que tiene atrás.

—¿El fin de semana largo? —gritó Josh, que era el mayor y un fanático del futbol—. ¡Pero es el partido final!

—Lo puedes escuchar en el radio —replicó su papá.

—¡Pero iba a verlo en la televisión!

—No, en nuestra televisión no ibas a verlo —dijo papá.

Y mamá añadió rápidamente:

—El tío Pat tenía una colección enorme de revistas de futbol, Josh. Tal vez la tía Brenda te deje hojearlas.

Eso fue suficiente para Josh, pero no para Florencia.

—Pensé que ese fin de semana visitaríamos museos —protestó, y todos suspiraron.

Florencia visitaba museos como pasatiempo. Los adoraba. Hasta tenía uno debajo de su cama, con conchas y cuentas y pedazos de cerámica rota en cajas de plástico transparente, todas muy bien etiquetadas.

—En el camino visitaremos museos, Flor —le prometió mamá—. Hay muchos en el campo. Y tal vez la tía Brenda te muestre las medallas de guerra del tío Pat. Ésas sí deberían estar en un museo.

—¿De verdad? —Florencia lo pensó un momento—. ¿Crees que me las regale?

—No lo sé. Podrías preguntarle.

—¿Y qué vamos a hacer con Manchas? —preguntó Josh, y todos miraron a la perra, que era un animal enfermizo, mezcla de kelpie, terrier y spaniel. Padecía todo tipo de enfermedades perrunas y debía tomar trece pastillas al día.

—Alguien se encargará de ella mientras estamos fuera —dijo papá.

—¿Quién? —quiso saber mamá—. Sólo se toma sus pastillas si yo se las doy.

—O si se las da el veterinario —añadió Josh—. A lo mejor el veterinario puede cuidarla.

—La pondremos en un albergue para mascotas —decidió papá—. Ahora, ¿alguien tiene alguna otra duda?

En ese momento la bebé, que se llamaba Dominique, dejó caer su cuchara al suelo y empezó a llorar. Florencia dijo que no quería pasarse un día entero escuchando un juego de futbol, y Josh preguntaba y preguntaba si la tía Brenda tenía televisión.

Hasta Manchas tenía algo que decir: cuando subieron el tono de la voz, empezó a aullar.

Sólo Kevin —como siempre— estaba callado. Permanecía sentado sonreía, emocionado con la idea de salir de viaje. La tía Brenda (en realidad, era la tía abuela de papá) vivía cerca de un pueblo llamado Mudgee. Los había visitado para el bautizo

de Dominique, pero Kevin no la recordaba muy bien. Estaba seguro de que no le habían contado de su remolque. ¡Un remolque de verdad! ¡Y sólo faltaban dos semanas para el fin de semana largo!

Pero esas dos semanas pasaron muy lentamente para Kevin, en parte porque todos los demás parecían estar de muy mal humor. Florencia no deseaba dejar su museo, Josh no quería perderse el futbol y Dominique estaba resfriada, así que mamá se enojaba por cualquier cosa y Manchas de nuevo no comía nada. La última vez que había dejado de comer habían tenido que operarla de emergencia, así que papá estaba preocupado.

—No puedo pagar otra operación —dijo—. La próxima vez tendremos que dejarla morir.

No lo decía en serio, por supuesto —era sólo una broma—, pero toda la familia se puso de pie y aplaudió cuando Manchas se comió media salchicha justo tres días antes del fin de semana largo.

—Lo que significa que podemos dejarla, después de todo —suspiró mamá.

Sin embargo, al final no pudieron dejarla porque cuando papá averiguó lo que costaba el albergue para mascotas, decidió que Manchas tendría que acompañarlos.

—Si hubiera querido gastar esa cantidad de dinero —señaló—, nos hubiéramos ido todos a las islas Fiji.

Así que mamá tuvo que empacar las pastillas de Manchas y su botella de agua, junto con la cuna de viaje, la carriola y toda la ropa y gorras y zapatos y cepillos de dientes que todos iban a necesitar en el viaje. Estaba muy aturdida, tratando de acomodar todo en la camioneta. (Los Andover tenían que viajar en una camioneta, porque eran demasiados para un coche ordinario.)

—¡No sé qué vamos a hacer! —exclamó, mientras ella y papá observaban los bultos y las maletas amontonados en la puerta de la casa.

—Nos las arreglaremos —replicó papá—. Encontraremos la manera.

—No la encontraremos si Florencia trae todas esas cosas de su museo.

—Florencia... —comenzó papá, pero Florencia se soltó a llorar y salió corriendo del cuarto. No soportaba separarse de su museo. Llevaba partes de él a la escuela todos los días.

Mamá y papá tuvieron que darle permiso para llevar uno de sus objetos —sólo uno—,

pero a pesar de eso se veía afligida durante la merienda.

No fue una merienda feliz: Florencia estaba enfurruñada por su museo, Josh se quejaba porque no lo habían dejado llevarse el *walkman* de su amigo (podía perderlo), y mamá y papá discutían sobre la hora a la que debían salir en la mañana. Kevin no podía entenderlo. ¿Cómo podían estar todos tan enfadados si iban a salir de vacaciones el fin de semana? ¿Por qué no estaban tan contentos como él?

A la mañana siguiente, todos tuvieron que levantarse muy temprano para poder llegar a la hora de la comida a la casa de

la tía Brenda. Pero Manchas vomitó su
desayuno y después Dominique vomitó el
suyo, y luego Florencia quería llevar su
tarántula muerta (y mortal) a casa de la tía
Brenda.

—Flor, la tarántula no —le dijo mamá.

—¡Pero es el mejor objeto!

—¿Y si se rompe el frasco?

—Está muerta, mamá.

—Tal vez no lo esté —dijo Josh, a quien
le gustaba tomarle el pelo a Florencia—.
Ya sabes cómo son las tarántulas. Pueden
vivir días y días sumergidas en el agua.

—No está en agua. Está en alcohol
desnaturalizado.

—Lo siento, Flor. La tarántula no.

Florencia regresó a su cuarto y se
tardó mucho, mucho tiempo escogiendo
otra cosa. No terminaron de subirse
en la camioneta sino hasta las 9:00 de
la mañana, cuando se dieron cuenta
de que la cuna de viaje de Dominique no
cabía con ellos adentro. Así que todos
tuvieron que volver a bajarse, mientras
papá reacomodaba el equipaje.

—¿Tienes que llevar todos esos pañales?
—le preguntó a mamá—. ¿No podemos
comprar más cuando lleguemos allá?

—No me gusta arriesgarme con los
pañales —replicó mamá.

—Bueno, no sé, mi amor. Dejamos
los pañales o dejamos a la bebé.

Al final dejaron los pañales. Salieron a las 9:45 y a las 11:00 ya habían llegado a las montañas. Pero también habían llegado todos los demás y había un embotellamiento terrible, espantoso. Parecía que toda la ciudad estaba saliendo al campo para el fin de semana.

—Te dije que saliéramos más temprano —dijo mamá.

—Si hubiéramos salido más temprano, Manchas habría vomitado en la camioneta —dijo papá.

—¿Podemos escuchar el futbol, por favor? —preguntó Josh.

Después Florencia dijo:

—Necesito ir al baño.

Mamá miró alrededor: estaban detenidos en una carretera llena de curvas y arbustos. Había coches enfrente de ellos, detrás de ellos y a los lados. Cada tantos minutos los coches avanzaban un poquito y volvían a pararse.

—Ahora no, Flor —dijo mamá—. ¿No puedes aguantarte?

—No sé.

—Dominique no pudo —señaló Josh, y en ese momento empezó a flotar un olor desagradable dentro de la camioneta. Había que cambiar el pañal de Dominique.

—¡Ay, caramba! —rezongó mamá—. ¿Kevin, si me paso a tu lugar, podrías cambiarte al mío?

—Ten cuidado, Sue —exclamó papá, porque mamá estaba pisando la palanca de cambios—. ¡Auch! Cuidado con tus pies. ¡Ay!

—Está bien, Domi —dijo mamá, porque a la bebé no le gustaban los pañales sucios y estaba empezando a llorar. No era fácil cambiarla en el asiento trasero. No había

mucho espacio y Florencia empezó a reírse al ver el trasero de mamá aplastado contra la ventana. Pero pronto se calló, cuando mamá le sacó a Dominique el pañal sucio.

—¡Uf! —se quejó Josh—. Déjenme salir de aquí.

—¡Puf! —dijo Florencia—. ¡Guácala!

—¡Bajen todas las ventanas! —ordenó papá.

Y entonces Florencia dio un grito tan
fuerte que todos y cada uno de los que
estaban en el coche se dieron vuelta
para mirarla.

—¡Mamá! ¡Se hizo pipí encima de mí!

—¡Ay, Florencia, deja de armar alborotos!

—¡Pero se hizo pipí sobre mí!

—¡Shh! ¿No ves que todo el mundo
nos está mirando? —dijo Josh.

—¿Mamá? —dijo Kevin, y toda la familia
se detuvo para escucharlo, porque casi
nunca decía nada—. Mamá, creo que
Manchas también quiere ir al baño.

Por suerte, el tráfico había empezado
a moverse y papá pudo orillarse. Encontró
un pedazo de tierra entre la carretera y los
arbustos, y cuando Josh abrió la puerta
de la camioneta, Manchas salió disparada
como el corcho de una botella.

—¡Josh, no dejes que se vaya corriendo!

—No está corriendo para ningún lado,
mamá. Mira.

—Florencia, tú puedes ir sola, si quieres.
A los arbustos.

—¿A los arbustos? —dijo Florencia, horrorizada.

Mientras tanto, Kevin había salido de la camioneta. Manchas estaba sentada con el trasero sobre la tierra, pujando y pujando, y Kevin comenzó a merodear por entre los árboles esqueléticos, los trozos de pasto y las latas de refresco apachurradas. No sabía exactamente qué estaba buscando, pero tampoco esperaba encontrar mucho.

Con toda seguridad, no esperaba encontrar el objeto maravilloso que halló entre las raíces de un encino.

DOS

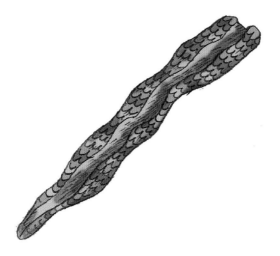

Era la piel de una serpiente. Una piel de serpiente perfecta, de cerca de un metro de largo, con un tajo a lo largo del estómago, en la cual se podía distinguir cada una de las escamas.

Florencia estaba verde de envidia.

—¡Ay, Kevin! —gritó—. ¿Puedo quedarme con ella?

—No.

—¡Pero sería perfecta para mi museo!

—Dijo que no, Florencia —le advirtió mamá. Todavía seguían reunidos alrededor de la camioneta, porque Manchas no había terminado.

—¿Qué le pasa a esa perra? ¡Ya lleva quince minutos!

—Creo que está estreñida —señaló Josh, mientras Florencia se marchaba haciendo aspavientos para buscar más pieles de serpiente y papá se inclinaba para echarle una mirada al trasero de Manchas. Se veía una cosa chiquita que apenas se asomaba. Manchas se quejó y pujó.

—Tienes razón —dijo papá—. Creo que sí está estreñida.

—¡Ay, Dios mío! —dijo mamá.

—¿Cuánto tiempo vamos a quedarnos aquí? —Josh estaba escondido en la camioneta; no quería que lo vieran esperando a que un perro fuera al baño.

—¿No pueden hacer que se apure?

—¿Se te ocurre algo, Josh? —replicó papá. Pero a nadie se le ocurría nada. Tuvieron que esperar y esperar, durante hora y media, mientras los coches avanzaban a paso de tortuga y Florencia encontraba un escarabajo pelotero. (Fingía que era mejor que la piel de serpiente, pero Kevin sabía que no lo era.)

Finalmente, papá decidió que tendrían que irse o nunca llegarían a casa de la tía Brenda. Se le ocurrió que mamá le pusiera uno de los pañales de Dominique a la perra.

—Sólo hasta que lleguemos a una farmacia —dijo—. Ahí podemos comprar unos laxantes para que Manchas haga del baño.

Manchas se veía muy chistosa con el pañal de Dominique. Hasta papá se rio cuando la vio. Pero cuando llegaron al siguiente centro comercial —y para entonces ya eran las 2:30—, todos estuvieron de acuerdo en que Manchas debería quedarse en la camioneta. La gente simplemente no entendería qué estaba haciendo un perro con un pañal.

—Tengo que llevar a Florencia al baño —dijo mamá— y papá tiene que comprar los laxantes. Josh, ¿puedes quedarte en el coche con Manchas?

— ¡No!, ¡no! —refunfuñó Josh. No quería arriesgarse a que se burlaran de él—. Por nada del mundo.

—Pero, Josh…

—Yo me quedo —intervino Kevin.

No le importaba. Tenía su piel de serpiente y los sándwiches que mamá había preparado para el almuerzo. Se sentía bastante contento.

—Ay, Kevin —suspiró mamá—. Eres un niño tan bueno.

Kevin se metió en la camioneta y vio cómo mamá se dirigía a los baños (que estaban en medio de un parque) cargando a Dominique y a Florencia atrás de ella. Miró a papá encaminarse a la farmacia y a Josh caminar detrás de él. Y vio un gran caballo blanco y un pequeño burro gris que venían trotando por la calle, sobresaltando a la gente que caminaba por las banquetas. Kevin pensó que estos dos alegres animales debían de haberse escapado del patio trasero de su dueño para iniciar un viaje de vacaciones, tal como él estaba haciendo.

Se alegró de que nadie intentara perseguirlos y sólo deseó que el resto de la familia los hubiera visto también.

—Vi un caballo blanco que iba trotando por la calle —anunció cuando papá regresó. Pero papá no estaba escuchando; trataba de hacer que Manchas se tomara una pastilla laxante. Por supuesto que no se la quería tomar; tendrían que esperar a mamá, que se estaba tardando mucho, mucho tiempo. (A Florencia siempre le costaba trabajo ir al baño en lugares extraños.) Finalmente, mamá apareció y después de batallar un rato, Manchas se tragó la pastilla. Se

hubieran ido en ese momento, si mamá
no hubiera preguntado de repente:

—¿Dónde está el osito de peluche
de Dominique?

El osito de peluche era el juguete favorito
de Dominique. No se iba a dormir sin su
osito de peluche, así que mamá salió a
buscarlo en el parque, mientras el resto de la
familia comía sándwiches remojados de
tomate.

Finalmente, tomaron la carretera a las
3:45 (todos, incluido el osito de peluche),
aunque no habían llegado muy lejos

cuando fue necesario cambiarle el pañal a
Manchas.

Entre Kattomba y Lithgow tuvieron que
pararse cinco veces: una porque estaban

arreglando la carretera, otra para dejar cruzar una iguana, una más para que papá fuera al baño y dos veces para deshacerse de los pañales sucios de Manchas. Después, se pararon otra vez en Lithgow para llamar por teléfono a la tía Brenda y mamá decidió que merendaran ahí.

—Ya casi son las 5:00 —dijo, mientras miraba su reloj—. Voto por que comamos algo en alguna de estas cafeterías.

Todos los niños aplaudieron. Les encantaba la comida grasosa de las cafeterías. Papá dijo que podían comer lo que quisieran y los llevó a una cafetería para que escogieran del menú. Josh eligió una hamburguesa y papas fritas, Florencia escogió un sándwich de carne y papas fritas, y Kevin pidió pescado frito con papas fritas. Fue el mejor pescado frito con papas fritas que había probado en su vida.

—Bueno —dijo papá después de terminarse su porción de pescado y papas—. Valió la pena lo que pagamos. Estaba realmente bueno.

—Mi pan estaba chicloso —se quejó Josh.

—Mi carne estaba dura —se lamentó Florencia.

—Entonces, la próxima vez tendrán que comer pescado con papas fritas, ¿no? —contestó papá, y Kevin se enderezó en la silla.

—¿Vamos a regresar aquí, papá?

—Espero que no —respondió papá, mientras encendía la camioneta otra vez. Ya era muy tarde. En el cielo se veían los colores del atardecer y las montañas estaban llenas de sombras. Mientras las miraba, Kevin se quedó dormido. Más tarde, lo despertaron las voces de papá y mamá, que estaban discutiendo.

—Debió haber sido la otra desviación.

—Pero no dice eso en el mapa.

—Seguramente estabas viendo otra maldita carretera y no la nuestra.

"¡Ay, caramba!", pensó Kevin. "Seguro estamos perdidos". Después, volvió a quedarse dormido y cuando se despertó de nuevo, la camioneta estaba detenida. Podía escuchar a su papá diciendo palabrotas y el crujido de las hojas en el viento.

—¿Qué pasó? —preguntó amodorrado—. ¿Mamá?

—Se descompuso la camioneta —respondió Josh—. No puedo creerlo.

Kevin se asomó por la ventana. Los faros de la camioneta todavía funcionaban y en su resplandor dorado podía ver árboles, pasto y marcas blancas en la carretera. No se veían ni casas ni coches.

—¿Dónde estamos? —preguntó.

—Quién sabe —la voz de Josh se oía triste—. Apuesto a que tendremos que pasar aquí toda la noche.

—¿Quieres decir que dormiremos en la camioneta? —a Kevin no le molestaba la idea. Pensaba que podía ser divertido.

Al ver que papá, mamá y Dominique habían salido de la camioneta, él se bajó también y sintió el aire frío en el rostro. Todo estaba muy callado. Arriba vio miles de estrellas —muchas más de las que nunca había visto en Sydney— y percibió el espacio que lo rodeaba. Un espacio sin fin, lleno de cosas secretas.

—¡Kevin! —era su mamá—. ¡No vayas a irte por ahí!

—No lo haré.

—¡Ven para acá, Kevin!

—No me estoy yendo a ningún lado, mamá.

—Haz lo que dice tu mamá, Kevin. Súbete a la camioneta.

Con un suspiro, Kevin regresó a la camioneta. Para entonces, ya estaba medio harto del coche. Estaban muy apretados y entumidos, y olía chistoso.

—Se me hace que Manchas se hizo popó —señaló Josh.

—Bueno, yo no voy a cambiarla —dijo Florencia.

Kevin se hizo el desentendido. Casi siempre que hacía eso, los demás se olvidaban de él. En la escuela le funcionaba muy bien.

—¡Mamá! —gritó Josh—. Hay que cambiar a Manchas.

Pero mamá estaba hablando con papá. Se oía alterada.

—¡Casi no nos quedan pañales! —estaba diciendo—. ¡Te dije que no dejáramos esos cuatro paquetes!

—Ah, ¿así que ahora es mi culpa?

—¡No podemos quedarnos aquí toda la noche, John!

—No va a ocurrir eso. Alguien va a pasar por aquí.

—¿Y entonces qué? No vas a dejarme aquí sola con los niños, ¿verdad?

—¡Mamá! —exclamó Josh—. Hay que cambiarle el pañal a Manchas.

Antes de que mamá pudiera contestar, el sonido de un coche a la distancia hizo que todos se dieran vuelta. Se acercaba por detrás. Pronto vieron los faros y papá comenzó a agitar los brazos. El coche se acercaba cada vez más. No se detuvo. Pasó rugiendo a un lado mientras papá le gritaba. Todos se quedaron atontados por un rato, no podían ni hablar.

Josh fue el primero en romper el silencio.

—No puedo creerlo —dijo.

—¿Cómo pudieron hacer eso? —dijo Florencia.

—Lo sabía —dijo mamá—. ¡Tendremos que pasar aquí toda la noche... y se nos van a acabar los pañales... y no tenemos comida... y nos vamos a morir congelados! Ay, John, ¿qué vamos a hacer?

TRES

Durante cinco minutos, Kevin se sintió como si estuviera en una novela de aventuras. ¡Extraviado en un camino rural! ¡Sin comida ni agua!

Pero entonces apareció otro coche que sí se detuvo y la persona que lo manejaba traía un teléfono móvil. Papá lo usó para llamar y pedir ayuda.

Ahora sólo quedaba esperar.

Tuvieron que esperar en la oscuridad, porque papá dijo que, si encendían las luces, la batería de la camioneta iba a gastarse. Así que ni siquiera podían jugar "Veo, veo" ni escuchar el radio.

—¿Le cambiaste el pañal a Manchas? —le preguntó papá a mamá, cuando se sentaron.

—Sí, lo hice. Y también se lo cambié a Dominique.

—Entonces, ¿de dónde viene ese olor raro?

—No sé. ¡Niños! ¿Alguien se hizo popó otra vez? Huelan a la bebé, ¿sí? ¡Huelan a la perra!

Kevin, que estaba sentado al lado de Manchas, olfateó su pañal. No olía mal. Tampoco el de Dominique.

—¡Todos huelan sus zapatos! —ordenó mamá—. ¡Seguro alguien pisó algo!

Pero no, nadie había pisado nada.

—Es Florencia —dijo Josh—. Florencia huele mal.

—¡No es cierto!

—Otra vez se echó pedos.

—¡No es cierto!

—¡Shh! —dijo papá—. ¿No oyen un motor?

El motor pertenecía a los Ángeles Verdes, que habían llegado a rescatarlos. El mecánico revisó la camioneta unos minutos y detectó que la banda del ventilador estaba rota. Así que le puso una nueva banda.

La vieja banda del ventilador pasó de mano en mano: parecía un calcetín que se hubiera quedado atorado en la lavadora durante uno o dos años. Florencia preguntó si podía quedársela para su museo y papá dijo que sí. Se escuchaba aliviado. El hombre de los Ángeles Verdes se despidió mientras se subía a su coche para marcharse.

—¡Qué superhéroe! —dijo mamá.

Papá encendió el motor de la camioneta y partieron.

Ya eran las 10:10.

—¿Cuánto falta para Mudgee? —mamá hizo la pregunta que estaba en la mente de todos.

—Cerca de una hora y media —contestó papá.

—No podemos llegar a tocar la puerta de Brenda a las 11:45.

—Más bien a las 12:15 —dijo papá—. Vive en las afueras de Mudgee.

—No podemos hacer eso, John.

—Ya lo sé.

—Vamos a tener que buscar un motel donde quedarnos.

—Ya lo sé.

—¡Un motel! —dijo Kevin. Nunca se había quedado en un motel—. ¿Vamos a quedarnos en un motel, papá?

—¡Shh! Duérmanse. Hace rato que pasó su hora de irse a la cama.

Pero Kevin no podía dormirse: estaba demasiado emocionado. ¡Un motel! Sus amigos se habían quedado en moteles, y siempre hablaban de cómo otras personas te hacían la cama y cómo el cereal para el desayuno venía en una cajita individual.

Con la mejilla apoyada en la ventana, Kevin intentó imaginar cómo sería el motel. ¿Tendría una alberca?

Cuando finalmente se quedó dormido, soñó con un motel que estaba en medio de una piscina gigantesca. Tenías que nadar (o tomar un bote) si querías entrar o salir del motel.

El motel real no era tan maravilloso, pero sí tenía una alberca iluminada, que resplandecía en la oscuridad.

—"El Dorado Oeste" —murmuró Florencia, mirando con los ojos entrecerrados el letrero que estaba en la entrada—. "Hay lugar." ¿Dónde está papá?

—Fue a pedir una habitación —dijo mamá—. Sólo espero que haya una farmacia abierta toda la noche en este pueblo. Necesitamos más pañales.

Finalmente, papá salió de la oficina del motel, se subió a la camioneta y la condujo hasta el estacionamiento que estaba frente a su habitación. Tan pronto como abrió la puerta de la habitación nueve, Josh, Florencia y Kevin corrieron, ansiosos

por conseguir las mejores camas. Kevin
se emocionó cuando vio dos camas
matrimoniales, una al lado de otra.

—¡Camas matrimoniales! —exclamó.
Nunca antes había dormido en una cama
tan grande. Mamá y papá no dejaban que
nadie durmiera en su cama matrimonial,
sin importar cuál fuera la razón.

—Dos matrimoniales y una individual
—confirmó papá—. Y van a traer una cuna
para Dominique.

—¿Y Manchas? ¿Dónde va a dormir?

Mamá y papá se miraron. Entonces papá dijo:

—Escúchenme, niños. Josh, ven.

Pero Josh estaba mirando el cuarto con horror.

—¿Quieren decir que alguien va a tener que compartir una cama? —protestó.

—Tú y Kevin, Josh —contestó mamá—. Va a ser divertido.

—¡Pero yo soy el mayor! ¿Por qué no puede Florencia compartir la cama con Kevin?

—Porque Florencia es una niña. Y tú Florencia, si vuelves a sacar la lengua así, vas a dormirte al baño con Manchas. Ahora vengan y escuchen a papá.

Papá tenía una expresión muy seria en el rostro. Pasó un brazo por encima de los hombros de Kevin y le tomó un brazo a Florencia.

—Oíganme, niños —dijo—. No le dije nada al administrador sobre Manchas, porque no sabía si iba a dejar que nos quedáramos con un perro. Así que no

quiero que sepa que Manchas está aquí.
Vamos a tener que meterla de contrabando
y luego sacarla de contrabando. ¿Entienden?

Florencia soltó una risita. Kevin ahogó
un grito. Josh dijo:

—¿Y qué pasa si hace ruido?

—Si hace algún ruido, le diremos que
Dominique está muy resfriada —fue la
respuesta de papá y, esta vez, todos soltaron
la carcajada.

Papá empezó a bajar las maletas de la
camioneta —bajó a Manchas envuelta en
una toalla, para que nadie pudiera verla—,
mientras Kevin exploraba la habitación

nueve. Abrió el refrigerador y encontró una jarra de agua, un poco de leche y unos vasos limpios. Entró al baño y encontró tres jabones diminutos, así como una tira de papel que envolvía el asiento del excusado. (Florencia exigió la tira de papel para su museo.) Buscó en el cajón de la mesita que estaba en medio de las dos camas matrimoniales y encontró una Biblia con ilustraciones. Incluso encontró cinco centavos en el fondo del armario.

Hizo todo esto solo, porque Florencia y Josh estaban acurrucados con el menú del desayuno, decidiendo lo que iban a pedir, mientras mamá y papá buscaban en sus cosas las piyamas y la pasta de dientes.

De repente, alguien tocó la puerta.

—Aquí está su cuna —dijo una voz de hombre. Mamá levantó a Manchas y se la colocó a Kevin entre los brazos.

—¡Rápido! —susurró—. ¡Escóndanse!

Empujaron a Kevin al baño y cerraron la puerta tras él. Pudo oír la voz desconocida otra vez —ahora más fuerte—

pero Manchas estaba empezando a gruñir, así que abrió la regadera rápidamente. No fue fácil porque tenía que mantener cerrada la boca de Manchas, pero se sentó en el asiento del excusado apretándole la quijada con una mano y rodeándole la panza con un brazo.

Y entonces, el picaporte comenzó a girar suavemente.

CUATRO

Pero no era el administrador. Era sólo
mamá.

—¡Kevin! —exclamó—. ¡Qué niño tan
listo, qué buena idea abrir la regadera!

—Lograste que ese hombre no entrara
—explicó Florencia—. Traía papel de baño
de repuesto. Hubiera visto a Manchas.

—Bien hecho, Kevin —dijo papá—.
Pensaste rápido. Ahora voy a salir a ver si

encuentro pañales. Cuando regrese, quiero
ver a todos en la cama.

Así que papá salió y cuando regresó,
Kevin ya estaba dormido. Le habría gustado
quedarse despierto para disfrutar la cama
matrimonial, pero estaba demasiado
cansado. No se despertó hasta que llegó el
desayuno, en dos bandejas, con el pan
tostado envuelto en servilletas blancas y el
cereal en pequeñas cajas. Era exactamente
como lo había soñado, pero Josh no estaba
impresionado.

—¿Qué pasó con el tocino, los huevos y la salchicha? —preguntó—. ¡Yo ordené tocino, huevos y salchicha!

—Yo lo taché —respondió mamá—. Era demasiado caro y nunca tomamos un desayuno caliente en casa.

—De todos modos, la cocina en estos lugares siempre es malísima —dijo papá. Estaba tratando de llamar a la tía Brenda, pero nadie contestaba—. Puede que esté en misa —dedujo—. La llamaré otra vez después de las 11:00. Mientras tanto...

—¡Podemos ir a un museo!

Fue Florencia quien hizo esta sugerencia, por supuesto. Mamá miró a papá, y él se encogió de hombros.

—Podríamos hacer eso —dijo—. A menos que alguien tenga una idea mejor.

—Yo no voy a ningún lado con Florencia —declaró Josh—. No voy hasta que deje de echarse pedos.

—¿Qué quieres decir? No me estoy echando pedos.

—Entonces deben ser tus pies. O tu aliento. Todo ese lado del cuarto apesta.

Era cierto. Alrededor de la cama de Florencia había un olor muy feo, el mismo que los había molestado en la camioneta. Frunciendo el ceño, mamá empezó a sacar las sábanas y a asomarse debajo del colchón. Después levantó la almohada y gritó:

—¡Florencia!

—¡Es para mi museo!

—¡Sácalo de aquí! ¡Ahora!

Escondido debajo de la almohada había un pequeño perico muerto, envuelto en un bolsa de plástico. Florencia lo había recogido el día anterior, cerca de los baños del parque. Se negó a tirarlo a la basura.

—¡Voy a disecarlo para guardarlo! —gimoteó.

—No puedes disecarlo, Flor. John, dile... debes tener conocimientos especiales para disecar animales.

—¡Pero tú siempre rellenas el pavo en Navidad! ¡Con miga de pan!

—No es lo mismo.

Discutieron y discutieron, hasta que Kevin miró que Manchas estaba olfateando unas píldoras desperdigadas por todo

el suelo. Dominique también parecía interesada en esas píldoras. Estaba recogiéndolas y llevándoselas a la boca.

—Mamá.

—Puedes quedarte con algunas plumas, Flor. Las pondremos en desinfectante...

—Mamá —dijo Kevin, esta vez más fuerte—. Creo que Dominique se está comiendo las pastillas de Manchas.

—¿Qué?

Por suerte, no eran las pastillas para los riñones de Manchas, o para su estómago, ni las de sus convulsiones. Eran los laxantes para humanos. Pero cuando mamá las juntó todas, se dio cuenta de que faltaban

ocho; y ocho eran demasiadas, incluso para un adulto.

—¡Ay, no! ¡Ay, no! —gimió mamá, mientras lograba sacarle una a Dominique de la boca—. ¿Crees que podamos encontrar un médico, en domingo?

—Tal vez no necesitemos uno —respondió papá, muy preocupado—. Tal vez la perra se tomó las pastillas.

—¡No voy a arriesgarme, John!

—Vamos al hospital. No está muy lejos.

—¿Pero cómo carambas pudo encontrarlas Dominique? —mamá estaba buscando la botellita de plástico en la que venían las pastillas, pero sólo encontró una bolsa de plástico—. ¡Estaban en un envase que los niños no pueden abrir!

Nadie dijo nada, pero Kevin notó la mirada culpable en el rostro de su hermana. Camino al hospital, en la camioneta, le preguntó (muy quedito) dónde había puesto el escarabajo pelotero muerto.

—¡A ti qué te importa! —murmuró.

—No le contaré a mamá, si me dices.

Florencia comenzó a morderse la uña del pulgar.

—Tenía que ponerlo en algún lado —susurró y Kevin asintió con la cabeza. Ya sabía que había hecho lo que hacía habitualmente: poner su objeto en un envase pequeño, al que después le pegaba una etiqueta y llenaba con alcohol desnaturalizado. Pero como no tenía alcohol desnaturalizado, probablemente había usado agua.

En el hospital, papá hizo que Josh se quedara en el coche con Manchas, quien otra vez traía puesto uno de los pañales de Dominique. El resto de la familia fue a Urgencias, donde una mujer con una bata blanca llevó a mamá y a Dominique detrás de una cortina azul. Era la primera vez que Kevin acudía a Urgencias (nunca se había roto el brazo, como Josh, ni había bebido perfume, como Florencia) y se quedó observando las paredes blancas y las sillas azules de plástico con mucho interés.

Le pareció ver unas manchas de sangre en el piso. Había letreros en las paredes, pero no podía leer ni la mitad: las palabras eran muy largas y difíciles. Había una silla de ruedas doblada y apoyada contra la puerta de una alacena.

De repente, dos hombres irrumpieron en la sala y uno de ellos chorreaba sangre. Tenía el brazo envuelto en una camisa empapada en sangre. Se sentó al lado de Kevin, con su rostro pálido y asustado, mientras todos lo miraban. El hombre que estaba con él traía algo envuelto en un pañuelo. Lo desenvolvió y se lo mostró a la enfermera que estaba en el escritorio.

El hombre sentado al lado de Kevin dijo:

—Lo que trae ahí es mi pulgar.

Kevin preguntó, casi sin aliento:

—¿Su pulgar?

—Me corté el pulgar con una sierra eléctrica.

Kevin no sabía qué decir. Tampoco papá, ni Florencia. Se quedaron callados, mientras el hombre que llevaba el pulgar se sentaba.

—El doctor estará aquí en un minuto
—comentó y vio que Kevin lo miraba—.
¿Quieres echarle un vistazo?

Y diciendo esto, abrió el pañuelo, otra vez.

Kevin alcanzó a ver algo rojo y blando,
antes de que otra enfermera y un señor que
empujaba una silla de ruedas se los llevaran
rápidamente. Florencia suspiró.

—¿Viste el pulgar? —le preguntó a Kevin.

—Sólo un poquito...

—¿Crees que puedan volvérselo a coser?

—No sé.

—Si no pueden, me encantaría tenerlo
en mi museo.

Entonces apareció Josh. Se veía enojado. Se dirigió dando zancadas al lugar en que estaban sentados y con las manos en las caderas, dijo:

—¡Esa perra tonta se vomitó en la camioneta! —le dijo a su papá—. Lo hizo antes de que pudiera sacarla.

—¡Oh, no!

—Y creo que se había comido algunas de esas pastillas, porque en el vómito hay unas cosas verdes redondas.

—Entonces mejor le decimos al médico. Josh, tú quédate con Flor y Kevin. No se muevan de aquí. Regreso en un minuto.

Papá se levantó de un salto y fue a hablar con la enfermera, quien lo condujo atrás de la cortina azul. Después de un rato, volvieron a salir. Mamá estaba con ellos y con el hombre de la

bata blanca (quien era el doctor Bishop). Se pusieron a platicar ahí parados, hasta que papá llevó al doctor Bishop afuera, probablemente para que le echaran un vistazo al vómito de Manchas.

No estuvieron afuera por mucho tiempo. La enfermera regresó a su escritorio, mamá se quedó esperando en la puerta y Kevin —que ya se estaba aburriendo— comenzó a ver las ilustraciones de pulmones enfermos en un folleto que alguien había dejado en una de las sillas azules.

Le pareció que habían pasado horas antes de que mamá lo llamara. Al fin, partían. Mamá explicó que Manchas se había comido la mayoría de las píldoras y después las había vomitado, pero que iban a comprar más pañales por si acaso.

Así que cuando por fin se encaminaron hacia casa de la tía Brenda, a las 11:00 de la mañana, la camioneta estaba repleta de pañales.

—No he podido comunicarme por teléfono con la tía Brenda —dijo papá. Tenía que alzar la voz porque todas las

ventanas estaban abiertas y el viento hacía mucho ruido (el olor del vómito de Manchas los había obligado a abrir las ventanas)—. Seguramente se le hizo tarde después de la misa. Pero yo creo que para cuando lleguemos allá va a estar esperándonos, y no queremos perdernos otra comida.

—Me estoy muriendo de hambre —dijo Florencia.

Todos tenían hambre y estaban cansados y hartos de la camioneta. Josh y Florencia no dejaban de pelearse por el espacio en el asiento y hasta Kevin comenzaba a desear que pudieran parar y descansar. Cuando salieron de la carretera y se dirigieron a una casa que se veía al final de una vieja entrada llena de baches, él fue el primero en gritar "¡Hurra! ¡Viva!"

—Bueno, ya llegamos —dijo papá—. Y ahí está el remolque.

—Parece que no está conectado a la electricidad.

—Eso no importa, en la noche hace calor. Y podemos usar la cocina de Brenda.

La casa estaba en medio de un gran prado, pero no se veía ningún animal y los árboles no eran más altos que Kevin. Tampoco había coches. Cuando se acercaron a la puerta de entrada y vieron una nota pegada en la aldaba de latón entendieron por qué.

Una vieja amiga de Dubbo está muy enferma —decía—. *Tuve que irme anoche, pero quédense todo el tiempo que quieran. La llave está en el lugar de siempre.*

Mamá miró a papá:

—¿Cuál es el lugar de siempre?

—No lo sé —contestó.

CINCO

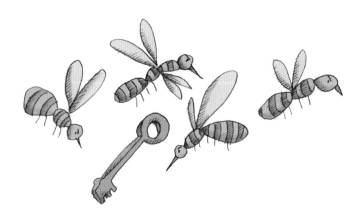

Por supuesto que todos buscaron
la llave. Buscaron debajo de las piedras
y entre los arbustos, en el buzón, en los
marcos de las ventanas. Buscaron debajo
del tapete y en el plato de agua del perro.

Pero cuando papá movió un nido
de avispas mientras buscaba en el baño que
estaba afuera, de repente decidió que debían
dar la vuelta y regresar directo a casa.

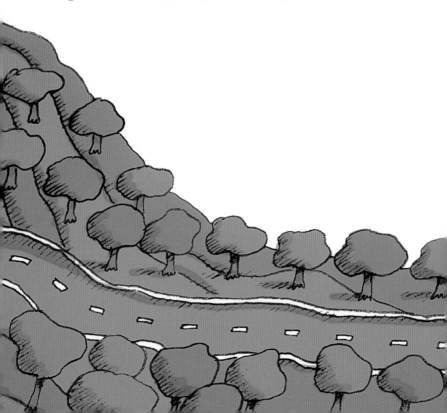

—Podríamos llegar a la hora de la merienda —dijo, sin hacer caso de las protestas de Kevin.

Mamá añadió:

—Sí, para la hora de la merienda de mañana, con la suerte que tenemos.

Ella tampoco quería quedarse. Nadie quería, excepto Kevin. Así que todos se subieron a la camioneta, se abrocharon los cinturones y (excepto por una parada rápida en Lithgow, para comprar el almuerzo e ir al baño) no volvieron a bajarse hasta que papá metió la camioneta en la entrada de su casa, cuatro y media horas después.

Ése fue el final de su viaje de fin de semana.

—Nunca más —dijo papá.

—Eso fue una broma —señaló Josh.

—¡Estoy tan feliz de estar de regreso! —exclamó mamá.

Kevin no dijo nada. Casi nunca decía nada. Pero cuando volvió a la escuela y su maestra le preguntó qué había hecho en el fin de semana, contestó:

—Fui al campo.

—¿Sí? —preguntó la maestra—. Eso suena muy bien. ¿Y qué hiciste en el campo, Kevin?

—Bueno —Kevin reflexionó unos minutos—. Encontré una piel de serpiente, vi que un caballo blanco y un burro gris iban trotando por la calle, comí el mejor pescado frito con papas fritas que he probado nunca, me quedé en un motel y dormí en una cama matrimonial, engañé a una persona que nos estaba llevando papel de baño de repuesto, conocí a un señor que se había cortado el pulgar y ¡también vi el pulgar!

—¡Bueno! —la maestra de Kevin estaba impresionada—. Parece que fueron unas vacaciones maravillosas.

—Sí —respondió Kevin, con una gran sonrisa en la cara—. Sí lo fueron.

Impreso en los talleres de
Editorial Impresora Apolo, S.A. de C.V.
Centeno 150-6, Col. Granjas Esmeralda,
Del. Iztapalapa, C.P. 09810
México, D.F.
Agosto de 2016.